我可以很平靜

一起練習正念靜心

文 蘇珊·維爾德 Susan Verde　　圖 彼得·雷諾茲 Peter H. Reynolds　　譯 劉清彥

I Am Peace

Text copyright © 2018 Susan Verde

Illustrations copyright © 2018 Peter H. Reynolds

Book design by Chad W. Beckerman

Published first in the English language in 2018 By Abrams Books for Young Readers,

an imprint of Harry N. Abrams, Inc.

(All rights reserved in all countries by Abrams, Inc.)

This edition is published by arrangement with Harry N. Abrams Inc. through

Andrew Nurnberg Associates International Limited.

獻給我的父親，
你時時刻刻都在。
—— 蘇珊‧維爾德

獻給我的姐妹
Jane 和 Renee。
—— 彼得‧雷諾茲

繪本 0266

我可以很平靜 一起練習正念靜心

作者｜蘇珊‧維爾德（Susan Verde） 繪者｜彼得‧雷諾茲（Peter H. Reynolds） 譯者｜劉清彥

責任編輯｜陳毓書 特約編輯｜游嘉惠 美術設計｜林子晴 行銷企劃｜陳詩茵

天下雜誌群創辦人｜殷允芃 董事長兼執行長｜何琦瑜

媒體暨產品事業群

總經理｜游玉雪 副總經理｜林彥傑

總編輯｜林欣靜 行銷總監｜林育菁 副總監｜蔡忠琦 版權主任｜何晨瑋、黃微真

出版者｜親子天下股份有限公司 地址｜台北市 104 建國北路一段 96 號 4 樓

電話｜（02）2509-2800 傳真｜（02）2509-2462 網址｜www.parenting.com.tw

讀者服務專線｜（02）2662-0332 週一～週五：09:00~17:30

讀者服務傳真｜（02）2662-6048 客服信箱｜parenting@cw.com.tw

法律顧問｜台英國際商務法律事務所‧羅明通律師

製版印刷｜中原造像股份有限公司

總經銷｜大和圖書有限公司 電話：（02）8990-2588

出版日期｜2021 年 3 月第一版第一次印行

　　　　　2024 年 8 月第一版第八次印行

定價｜320 元 書號｜BKKP0266P ISBN｜978-957-503-729-1（精裝）

訂購服務 ————

親子天下 Shopping｜shopping.parenting.com.tw

海外‧大量訂購｜parenting@cw.com.tw

書香花園｜台北市建國北路二段 6 巷 11 號 電話（02）2506-1635

劃撥帳號｜50331356 親子天下股份有限公司

國家圖書館出版品預行編目 (CIP) 資料

我可以很平靜：一起練習正念靜心/蘇珊.維爾德
(Susan Verde)文；彼得.雷諾茲(Peter H.
Reynolds)圖；劉清彥譯. -- 第一版. -- 臺北市：親
子天下股份有限公司, 2021.03
40面；20x20公分. -- (繪本；266)
注音版
譯自：I am peace
ISBN 978-957-503-729-1(精裝)

874.599　　　　　　　　　　109021065

立即購買 >

有些時候，我會擔憂，
擔憂接下來可能發生的事，
也擔憂以前發生過的事。

那些想法在我腦中
像急速奔流的水，

我ㄨㄛˇ覺ㄐㄩㄝˊ得ㄉㄜ 自ㄗˋ己ㄐㄧˇ像ㄒㄧㄤˋ一一艘ㄙㄡ

沒ㄇㄟˊ有ㄧㄡˇ錨ㄇㄠˊ的ㄉㄜ 小ㄒㄧㄠˇ船ㄔㄨㄢˊ……

……只能被流水帶著走。

我ㄨㄛˇ停ㄊㄧㄥˊ下ㄒㄧㄚˋ來ㄌㄞˊ，深ㄕㄣ呼ㄏㄨ吸ㄒㄧ。

然ㄖㄢˊ後ㄏㄡˋ告ㄍㄠˋ訴ㄙㄨˋ自ㄗˋ己ㄐㄧˇ：沒ㄇㄟˊ關ㄍㄨㄢ係ㄒㄧˋ。

我感受腳下踩的地面，
站穩腳步。

我ㄨㄛˇ開ㄎㄞ始ㄕˇ留ㄌㄧㄡˊ意ㄧˋ

這ㄓㄜˋ裡ㄌㄧˇ

和ㄏㄢˋ現ㄒㄧㄢˋ在ㄗㄞˋ。

我˘的˙想˘法˙安ㄢ定ㄉㄧㄥ下ㄒㄧㄚ來ㄌㄞˊ，心ㄒㄧㄣ也ㄧㄝˇ變ㄅㄧㄢˋ得ㄉㄜˊ清ㄑㄧㄥ澈ㄔㄜˋ透ㄊㄡˋ明ㄇㄧㄥˊ。

我˘很ㄏㄣˇ平ㄆㄧㄥˊ靜ㄐㄧㄥˋ。

我看見自己的擔憂變輕、破掉，然後消失。
我放手讓那些事離開。

我可以把心裡的感受大聲說出來。

我了解我自己。

我ㄨㄛˇ能ㄋㄥˊ對ㄉㄨㄟˋ人ㄖㄣˊ友ㄧㄡˇ善ㄕㄢˋ。

我ㄨˇ能ㄋㄥˊ做ㄗㄨㄛˋ出ㄔㄨ改ㄍㄞˇ變ㄅㄧㄢˋ。

我要擁抱一棵樹，
感謝它的美麗和強壯。

我和大自然連結在一起。

我看著天邊雲彩的變化。

驚嘆又好奇。

我可以嚐到、聞到、
碰到、聽到和看到
身邊的一切。
我用心感受。

我可以感覺自己的呼吸
充滿整個身體。
我細心覺察。

現在，水很平靜，
我也找到自己的錨，
每件事都很好。

我ˇ不ㄅㄨˊ必ㄅㄧˋ為ㄨㄟˊ過ㄍㄨㄛˋ去ㄑㄩˋ和ㄏㄜˊ未ㄨㄟˋ來ㄌㄞˊ擔ㄉㄢ憂ㄧㄡ，

只ㄓˇ要ㄧㄠˋ留ㄌㄧㄡˊ意ㄧˋ現ㄒㄧㄢˋ在ㄗㄞˋ、

活ㄏㄨㄛˊ在ㄗㄞˋ當ㄉㄤ下ㄒㄧㄚˋ。

我ˇ很ㄏㄣˇ平ㄆㄧㄥˊ靜ㄐㄧㄥˋ。

我把這份平靜
分享出去，

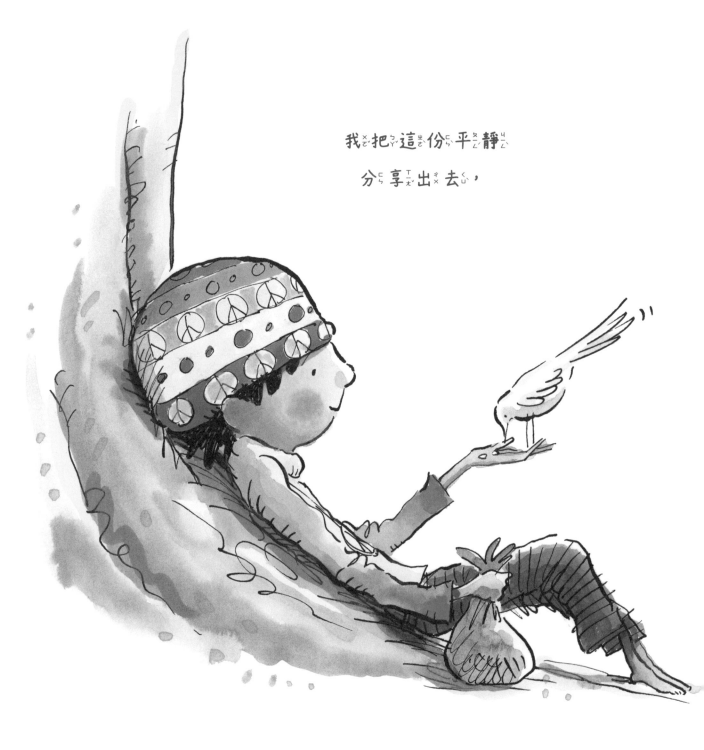

並且希望把它送給
有需要的人。

我ㄨˇ期ㄑㄧ盼ㄆㄢˋ……

我ㄨˇ們ㄇㄣ都ㄉㄡ很ㄏㄣˇ平ㄆㄧㄥˊ靜ㄐㄧㄥˋ。

作者的話

　　小孩在這個世界上會獲得許多指引。他們學習如何做正確的選擇和管理自己的情緒；在努力迎頭趕上學業和平衡自己忙碌生活的時候，學習善待自己和別人。對（所有年紀的）小孩來說，覺察是幫助他們踏上這段旅程非常好的工具。

　　我們每天的生活都有許多覺察的時刻。例如，感受腳趾間的細砂和內心七上八下的吊桶所帶來的興奮與焦慮。在和人交談時全神貫注的看著對方，或是細心品嚐食物時，我們都在覺察。但是這個詞究竟是什麼意思？為什麼這麼重要？覺察的意思就是將注意力全然集中在當下，專注於自身的經驗（我的情感、身體的感覺、情緒、周遭的環境），不要評斷，卻要保持和善與好奇。調查發現，自我覺察的練習有許多好處。很多科學證據都支持，這會對大腦和身體帶來正向的影響，覺察可以幫助我們更加專注、自我調節並做正確的決定。自我覺察的練習不僅僅能強化小孩的「專注肌」，也能幫助他們學習拉大自己和強烈情緒之間的距離。孩子們可以因此發展出選擇回應方式的能力，而非只是做直覺的反應。

　　當我們學會活在當下時，我們會更了解自己，看見美好，表達善意、憐憫和同理。當我們學習停下來覺察，就會找到屬於自己的鎮定、核心和平靜。當我們能感受到自己的平靜時，就能分享給別人。《我可以很平靜》所呈現的，正是覺察的力量在我們生活中所帶來的影響。

「正念靜心」練習筆記

覺察練習既簡單又有趣。這裡提供一種覺察默想的方式，大人小孩可以一起練習，找到內心的平靜。

最簡單也最常被使用的覺察練習，就是學習將注意力集中在我們的呼吸上。我們隨時都在呼吸，卻不常注意我們是如何呼吸。留意自己的呼吸，可以幫助我們和身體的感覺連結。藉由學習規律的呼吸，我們不但可以覺得更平靜，也能更奠基於當下，學會平靜內心的方法最終能成為幫助我們面對生活的基礎。

首先，可以躺下來，或是找個舒適的座位，閉上眼睛，將雙手輕輕放在肚子上，留意自己在此時此刻的呼吸，是快還是慢？每次吸氣的時候，是否能感受到空氣充滿你的腹腔。

舉起一隻手放在嘴巴的前面，當你吐氣時，氣息吐在手上是什麼樣的感覺？是溫暖？還是冰涼？專注留意就好，沒有好壞對錯。

如果你還沒有預備好，可將雙手放回肚子上，可以開始透過鼻子用力吸氣。這樣能幫助你和緩自己的呼吸，並且讓空氣滲透你的身體。

想像你的肚子像海洋一樣，隨著每次吸氣和吐氣，就會產生波浪的起伏。隨著呼吸感受自己肚子的起伏。

現在，想像海面（肚子）上有一艘小船。它是一艘什麼樣的船？你不想讓這艘船翻覆，卻希望能幫助它前進靠岸。你可以透過鼻子舒緩深沉的吸氣和吐氣來達到這個目的。每次吸氣和吐氣都數到三，藉此為你的小船創造一個穩定規律的行進節奏。隨著肚子的起伏，持續導引你的小船，經過幾次和緩規律的呼吸之後，想像你的小船平平安安的靠岸了。

現在，將你的注意力重新回到自己隨呼吸起伏的肚子，吸氣、吐氣，吸氣、吐氣，並且開始留意自己的感覺。你的呼吸和剛開始的時候有不一樣嗎？你身體的感受有不同嗎？你的心思呢？是昏昏欲睡？還是被各種思想占滿？你的心思平靜嗎？再次聲明，沒有好壞對錯。當你的身體預備好後，慢慢睜開眼睛，如果你是躺著，就慢慢坐起來。對自己說下面這些話：

「我很了不起。
我很特別。
我很平靜。」

這樣就完成覺察練習了。